LOUIS FOUQUET

IMPRESSIONS

ABANDON — VERTIGE — EFFROI
LASSITUDE — COLÈRE — DÉCOURAGEMENT
HALTE — RECUEILLEMENT
STÉRILITÉ — MISANTHROPIE — SOLIDARITÉ — SOLITUDE
APPEL — INCERTITUDE
PRESSENTIMENTS — VISION
AU BRUIT DE LA CLOCHE — PAROLES DU FRÈRE AINÉ
PRIÈRE

PARIS
BERGER-LEVRAULT ET Cie, ÉDITEURS
5, RUE DES BEAUX-ARTS, 5
MÊME MAISON A NANCY

1881

IMPRESSIONS

NANCY, IMP. BERGER-LEVRAULT ET Cie

LOUIS FOUQUET

IMPRESSIONS

ABANDON — VERTIGE — EFFROI
LASSITUDE — COLÈRE — DÉCOURAGEMENT
HALTE — RECUEILLEMENT
STÉRILITÉ — MISANTHROPIE — SOLIDARITÉ — SOLITUDE
APPEL — INCERTITUDE
PRESSENTIMENTS — VISION
AU BRUIT DE LA CLOCHE — PAROLES DU FRERE AINÉ
PRIÈRE

PARIS
BERGER-LEVRAULT ET Cie, ÉDITEURS
5, RUE DES BEAUX-ARTS, 5
MÊME MAISON A NANCY

1881

IMPRESSIONS

Paris, octobre 1878.

Pourquoi jeter au vent la plainte monotone
Qui, sans rien émouvoir, bourdonne dans tes vers?
Tes rêves sont éclos sous des brouillards d'automne,
Poète!... — Ils s'enfuiront au souffle des hivers.

A ta confuse voix nul écho ne s'éveille ;
Personne pour si peu ne songe à s'arrêter.
Le murmure du cœur ne dit rien à l'oreille
Et la foule en courant passe sans l'écouter.

On aime encor, pourtant, les rimes bien sonores,
Les récits animés, les orchestres bruyants.....
A quoi bon peindre ici tes songes incolores,
Quand il est alentour tant d'horizons riants ?

Eh ! que nous font, naïf, les soupirs de ton âme ?
Matière, esprit ou chair, tout se plaint ici-bas.
Que ton foyer soit cendre, ou bien qu'il reste flamme,
Peu nous importe, à nous qu'il ne réchauffe pas.

Nous en connaissons tous de ces heures amères
Où la tête est pesante et le front pâlissant.
Mais pourquoi laisser fuir un essaim de chimères
Que les sages toujours étouffent en naissant ?

Va, dépense tes jours en un travail futile !
Pèse ton peu de force et ton peu de vertu,
Égoïste ennuyeux, poète, homme inutile !
Puis à ces quatre mots réponds : A quoi sers-tu ?

Quoi ! le génie humain renverse des montagnes,
Et du roc qui jaillit va combler des vallons,
Le fer, qu'il a dompté, trace dans les campagnes,
Parmi les sillons d'or, de plus sombres sillons;

La vapeur à grand bruit, dans sa prison brûlante,
Hurle, siffle, rugit, puis s'échappe en grondant,
Et l'homme-roi, debout sur la cité roulante,
Plus loin, toujours plus loin porte son zèle ardent.

Quoi ! l'ouvrier, bronzé, nu jusqu'à la ceinture,
En fleuves éclatants fait ruisseler l'acier,
De féeriques palais l'immense architecture
Éblouit tout un peuple, abrite un monde entier ;

Et pendant qu'ébranlés sur leurs bases profondes
Les peuples, entraînés par ces coursiers d'airain
Dont le souffle de feu fait respirer deux mondes,
S'élancent au hasard, sans guides et sans frein ;

Pendant que tout grandit, que tout croît sur la terre,
Instruments de carnage et palais somptueux,
Que le plus petit prince a ses vaisseaux de guerre,
Blindés de fer, armés de canons monstrueux, —

Il est encor des gens qu'un rêve inguérissable
Berce avec nonchalance et retient endormis,
Et qui passent leur vie à voir des grains de sable
S'entasser lentement, traînés par des fourmis !

Distraits, indifférents aux luttes des royaumes,
Ils restent absorbés, bourrés de songes creux,
Ou, fouillant dans leurs cœurs peuplés de vains fan-
[tômes,
Chantent pieusement des hymnes langoureux.....

Qu'ils s'éteignent, ces chants, dans les bruits de l'espace !
Un peuple n'est point fait pour suivre dans la nuit
Le sillon lumineux d'une étoile qui passe,
Ni dans un cœur humain l'illusion qui fuit.

Il lui faut une vie où chacun ait sa tâche,
Où l'être soit heureux quand il a travaillé,
Il veut, non le sommeil, non l'oisiveté lâche,
Mais un âpre plaisir, qui le tienne éveillé,

Des rayons, des couleurs, quelque chose d'étrange,
Des contrastes frappants, des détails imprévus ;
L'éclat des diamants enchâssés dans la fange,
Des types vrais ou faux, mais qu'il n'ait jamais vus.

Voilà ce qu'il poursuit dans le livre, au théâtre,
Du nouveau, des décors créés exprès pour lui !

Tes visions, fuyant dans un lointain bleuâtre,
N'obtiendront de sa part qu'un bâillement d'ennui.

Le progrès nous conduit. Tu vas en sens contraire.
A son joug bienfaisant ne peux-tu t'asservir ?
Va, tu n'es bon à rien, pas même à nous distraire :
La plus humble science à quelqu'un doit servir.

L'art lui-même progresse, il sert à l'industrie !
Être utile, vois-tu, c'est la commune loi.
Il faut pour le progrès, le salut, la patrie,
Être utile à quelqu'un, ne serait-ce qu'à soi !

Oui, je suis un chanteur bien triste et bien maussade,
Et je ne sais pas même où s'en iront mes chants.
Un feu follet m'entraîne en sa course nomade,
Sans pouvoir le saisir je vais à travers champs.

Je vais, n'écoutant plus la foule indifférente,
Et je m'assois dans l'ombre, inattentif et las,
Loin d'elle je me livre à ma pensée errante
Et d'un bruit de grelots je ne la poursuis pas.....

Parfois, en côtoyant l'immense fourmilière,
Seul encore, occupé de rêves puérils,
J'interroge tout bas ma muse familière
Et, voyant les passants, je murmure : « où vont-ils ?

Quel ouragan secret à tout moment les chasse
En ce chaos bruyant d'hommes et de chevaux ?
Quel souffle les conduit, quel instinct leur fait place
En ce monde, envahi par tant d'instincts rivaux ?

Qui peut rendre à la fois souriante et féroce
Cette foule bizarre où tout m'est étranger ? »
Et la muse répond : « La fièvre du négoce,
Le besoin d'acquérir, de vendre et d'échanger,

L'appât de l'or, du gain..... l'égoïsme vulgaire
Que le livre condamne et que la vie absout,
Qui revêt de métal les navires de guerre,
Qui fait hausser la rente et couve au fond de tout. » —

Ah ! ces grands intérêts, qui nomment hérésie
Les saints élans de l'âme éprise d'idéal,
Qui prennent en pitié la vague poésie
Parce qu'ils sont un fait monstrueux et brutal,

Ces vastes éléments, dont une main savante
Ferait jaillir le mal pour produire le bien,
Dans mon frêle cerveau font naître l'épouvante.....
Mieux vaut rester poète et n'être bon à rien.

ABANDON

ALLONS où Dieu nous mène, et si rien sur la terre
Ne dispute nos jours à l'éternel mystère,
Si l'oubli dévorant doit effacer nos pas,
Ainsi qu'un vent rapide efface d'une haleine
Les pas du voyageur égaré dans la plaine, —
Qu'importe un peu de sable au passant triste et las ?

Si même nous laissions, nous qu'à peine l'on nomme,
Un de ces noms fatals que la fureur de l'homme

Livre comme une injure à tous les vents du ciel,
Et dont le bruit lointain, croissant de bouche en bouche,
A la voix de la foule emprunte un son farouche, —
Qu'importe un nom flétri lorsque l'âme est sans fiel ?

Le calme laboureur qui de sueur inonde
Le sol dur et pierreux qu'un long travail féconde,
Ne cueille pas toujours le grain qu'il a semé.
Bien d'autres le suivront, et, reprenant sa tâche,
Moissonneront ce champ retourné sans relâche,
Où longtemps son labeur s'est en vain consumé.

Ainsi nous passerons, nous, modestes apôtres;
Nos sillons, oubliés sous les sillons des autres,
Disparaîtront bientôt, remués par le soc.
Or, si l'espoir est vain, les regrets sont stériles ;
Ouvrons du moins la terre, et des mains plus viriles
Plus tard sauront peut-être en arracher le roc.

L'oubli vaste et profond, la haine débordée
Veilleront tour à tour près du champ de l'Idée,
Soit ; mais en succombant nous gagnons du terrain.
A jamais ignoré dans la vallée immense,
Le plus humble, à son jour, dépose une semence
Et Dieu n'oubliera pas qu'il a sa part de grain.

VERTIGE

O FANTÔMES légers, ombres aériennes,
Lourds parfums des fleurs d'or au calice vermeil,
Lyres aux vagues sons, harpes éoliennes,
Venez prolonger mon sommeil;

Faites éclore en moi de ces rêves étranges
Où l'idéal s'incarne et devient le réel,
Où le sylphe moqueur se joue avec les anges,
Où l'enfer lutte avec le ciel!....

Qu'un souffle impétueux m'emporte dans l'espace !
Que le sol ébranlé vacille autour de moi !
Que mon esprit, flottant comme l'oiseau qui passe,
Erre entre l'ivresse et l'effroi !

Oh ! que j'aille, en sondant les horizons sans bornes,
Vers l'éternel soleil ou l'éternelle nuit, —
Mais que j'échappe encore aux banalités mornes
De cette foule qui me suit !

Que je ferme l'oreille à ces paroles vides,
Dont le vulgaire écho ne sait plus m'émouvoir,
Que je n'entende plus ces tintements stupides
D'écus jetés sur un comptoir !

Par moments le vertige entraîne ma pensée
Dans les vastes déserts et sur les monts géants,
Mon âme se suspend, follement balancée,
Au-dessus des gouffres béants,

Et j'ai peur de quitter les éclatantes cimes
Pour l'immensité sombre ouverte sous mes pas,
Car je sens l'Inconnu, vers les lointains abîmes
M'attirer, haletant et las.

Mais lorsque l'infini m'éblouit et m'écrase,
Il fascine mes sens d'une âpre volupté ;
J'aime qu'en un frisson ma vie un instant rase
Le flot noir de l'éternité.

Alors ma voix tremblante expire dans ma gorge ;
En efforts languissants mon corps s'épuise en vain ;
La terre semble fuir, et mon cerveau se forge
Un monde infernal ou divin !

EFFROI

La nuit vaste et lugubre a grandi jusqu'aux cieux ;
Comme un crêpe de deuil j'ai vu flotter son voile.
Dans l'espace lointain se perd la blanche étoile,
On dirait qu'un bandeau se pose sur mes yeux.

Sillonnant au hasard la plaine immense et sombre,
Je cherche en vain l'azur qui partout s'est terni ;
Ainsi qu'une âme errante au sein de l'infini
Je marche, enseveli sous un océan d'ombre ;

Et dans l'obscurité qui plane autour de moi,
Linceul aérien d'un monde qui sommeille,
Les pâles visions que le délire éveille
Font palpiter mon âme en un frisson d'effroi.

Leur cortège me suit sans effleurer la terre,
Sur mon front en sueur je les sens voltiger ;
Elles glissent dans l'air avec un bruit léger,
Et leur voix sans écho s'étouffe avec mystère.....

Quel secret vous attache aux pas du voyageur,
Fantômes, qui naissez de l'erreur et du doute ? —
Je craindrais moins le spectre arrêté sur ma route
Que les spectres éclos dans mon esprit songeur.

La voix d'un noir démon, d'un gnome au rire étrange
M'épouvanterait moins que votre souffle amer.....
Le croyant n'a point peur du messager d'enfer :
Au-dessus du démon le ciel a placé l'ange.

Mais vous, je vous redoute, envoyés du néant,
Qui partout devant moi creusez de larges vides,
Ombres au contour vague, aux visages livides,
Rêves que le cerveau disperse en les créant ;

Vous que l'on voit à peine et qu'à peine l'on nomme,
Vous qui disparaissez quand on vous met à nu,
Folles créations qu'au bord de l'inconnu
On sent à chaque pas jaillir du cœur de l'homme !

Trop d'imprudents, peut-être, à jamais vous suivront
A travers l'ombre noire où nul rayon ne brille.
Moi je sens dans la nuit l'étoile qui scintille
Et j'attends que ses feux descendent sur mon front.

LASSITUDE

Combien tes chemins sont arides,
Terre brûlante où j'ai marché !
Combien tes horizons splendides
Sont noirs, quand on s'est approché !

Tes vallons sont jonchés d'épines,
Tes bois sont un dédale obscur,
Le gazon clair de tes collines
Cache le roc blessant et dur ;

Sous mes doigts tes fleurs éphémères
Sans parfums perdent leurs couleurs,
Les eaux de tes sources amères
Roulent sans bruit comme des pleurs ;

Au soleil des serpents se glissent
Dans tes sillons abandonnés,
Tes arbres frêles qui jaunissent
N'ont que des fruits empoisonnés ;

Ceux qui foulent ton sol perfide
Ont le regard sec et moqueur,
Leur front est bas, leur tête est vide,
Leur poitrine est froide et sans cœur ;

En vain j'ai cherché dans leur nombre
Un appui sincère et loyal,
Leur parole m'a rendu sombre
Et leur sourire m'a fait mal.

Et, loin d'eux, soudain je m'arrête,
Las, et troublé d'un vague effroi.....
Est-ce le calme ou la tempête
Que je sens planer près de moi ?

Cependant le cri de mon âme
M'a dit parfois : Crois au bonheur.
L'espace est là qui me réclame.....
Où donc m'emmènes-tu, Seigneur ?

Combien tes chemins sont arides,
Terre brûlante où j'ai marché !
Pourtant je vais à pas rapides
Sur le sol morne et desséché ;

Et malgré l'étrange souffrance
Dont le poids flotte sur mes jours,
La douce voix de l'espérance
Murmure encor : Marche toujours.

COLÈRE

NON! je ne puis vous voir, sans qu'au fond de [moi-même
Quelque chose s'indigne et se révolte aussi,
Sur le nom de cet homme appeler l'anathème
Et railler sa douleur, et l'avilir ainsi !

Quand son cœur est brisé, quand son front vaste s'ouvre,
Quand le regard pénètre en son esprit profond,
Vous ricanez..... Combien de fange l'on découvre
En plongeant dans ces mers que l'on croyait sans fond!

Combien, en déchirant la vague qui déferle
Et trahit à nos yeux tout un monde en travail,
On voit de sable noir pour une blanche perle
Ou d'insectes hideux pour un peu de corail !....

Ainsi du cœur humain..... La plus noble pensée
Par tant de tourbillons voit rompre son essor !
Que d'antres ténébreux ! Que de vase entassée !
Que de monstres rangés autour d'un seul trésor !...

Ne le saviez-vous point que tout n'est que faiblesse,
Et qu'en cherchant le port on se heurte à l'écueil ?
Et, chez vous, ce mépris qui salit et qui blesse
N'est-il pas fait d'envie encor plus que d'orgueil ?

Ah ! plus d'un rougirait en sondant cet abîme
Où la vie a creusé de si larges replis !
Le plus fort paraîtrait faible et pusillanime
Devant bien des secrets dans l'ombre ensevelis.

Pourquoi donc triompher, pousser des cris de joie
Lorsque déborde un mal jusqu'alors inconnu ?
Pourquoi crier victoire en faisant votre proie
De cette âme qui saigne et que l'on met à nu ?

Pourquoi la flageller, la broyer sous la honte ?
Parce qu'elle a failli ? Qui donc est sans péché ?
Craignez que chaque outrage à vos fronts ne remonte,
Car vous nourrissez tous quelque remords caché.....

Descendez en vos cœurs : auriez-vous plus de force
Pour réprimer l'injure et braver le dédain ? —
Souvent l'arbre orgueilleux dont on lève l'écorce
Est rongé par les vers et s'affaisse soudain.

L'insulteur est maudit ! Malheur à qui promène
Sur les fautes d'autrui son œil accusateur !
Si l'homme est sans pitié pour la faiblesse humaine,
Que dira l'homme un jour aux pieds du Créateur ?

Et, si vous êtes purs, est-il plus difficile
D'oublier une erreur que de la condamner ?
Vos cris sont impuissants, votre haine est stérile,
C'est à Dieu de punir, à vous de pardonner !

Toi qu'ils ont bafoué, toi que je plains, espère !
L'innocent qu'on accuse est plus tard un héros.
Coupable, espère encor, car le juste préfère
Les larmes du coupable aux rires des bourreaux !

DÉCOURAGEMENT

RELÈVE-TOI, mon âme, et dis à la souffrance
Qu'elle te laisse calme et ne peut rien sur toi. —
Mais non... J'invoque en vain le doux nom d'espérance.
De son manteau glacé la morne indifférence
Enveloppe ma vie et flotte autour de moi.

Pourquoi vient-il une heure où l'avenir se voile,
Où le regard se ferme aux trop vives clartés,
Où, comme un lourd vaisseau sans mâture et sans voile,
L'esprit qui s'avançait guidé par une étoile
S'endort triste et muet sur les flots agités ?

L'homme est faible. Un effort l'amollit et l'épuise.
Téméraire au départ, il est lâche au retour ;
Le temps sèche la source où son courage puise,
Et lorsqu'il n'attend plus de voix qui le conduise,
Il hésite, et s'arrête avant la fin du jour.

— Marche, insensé... Qu'importe où le destin te chasse ?
Marche ! Ville ou désert, ton chemin sera fait.
Sonde cet horizon qui te ferme l'espace,
Mais laisse ton empréinte au sol où ton pied passe,
Travaille. — « Hélas ! » dit l'homme, « où vais-je ! »
[— Dieu le sait.

Vas où ton cœur te dit que la tâche est ardue,
Plus le travail est dur plus ample est la moisson.
Dieu t'a promis ta part et livré l'étendue.
Dans ce monde si vaste où ta foi s'est perdue,
Ne cueilleras-tu rien, pas même une leçon ? —

C'est ainsi que je parle à mon âme alourdie
Quand la volonté manque et quand vient le sommeil.
Un souffle glisse alors sur son aile engourdie ;

Je la sens palpiter, lumineuse et hardie,
Comme un oiseau léger qui vole en plein soleil.

Puis, lente, elle reprend sa plaintive indolence,
Puis elle se concentre et se révolte en moi,
Puis revient la fatigue, et puis la défaillance, —
Car l'homme, épris d'espoir, de force et de vaillance,
Est fait d'obscurité, de faiblesse et d'effroi.

HALTE

Quand l'âme, que le sort à chaque instant ramène
Dans les noirs tourbillons de la mêlée humaine,
S'en revient, sur le soir,
Rêveuse, et reniant son œuvre abandonnée,
Ainsi qu'un mercenaire au bout de sa journée,
Au foyer vient s'asseoir,

Qui peut savoir combien de sourdes meurtrissures
Ont sur sa robe blanche imprimé ces souillures

Qu'on se montre au hasard ?
Qui pourrait deviner ses tortures poignantes,
Et qui pourrait compter les blessures saignantes
Qu'elle cache au regard ?

Martyre de la vie, aux terreurs des arènes
Elle a livré l'espoir de ses heures sereines,
Faible, elle a combattu.
Aux fauves du grand cirque elle a servi de proie...
Comment ne pas laisser à la dent qui la broie
Des lambeaux de vertu ?

Aussi, comme elle souffre en pensant que le monde
Entraîne lentement dans son chaos immonde
Ses voiles de candeur,
Que sa force s'enfuit, que sa foi diminue
Et qu'elle affrontera, tremblante et toute nue,
Des foules sans pudeur.....

Puis elle songe à ceux qui marchaient sur sa route
Avant qu'elle ait fléchi sous la crainte et le doute,
Qu'elle ait pleuré tout bas,
A ceux qui l'ont aimée, à ceux qui l'ont haïe,
Puis, se voyant de tous méconnue ou trahie,
Elle sourit..... hélas !

Hélas ! — Il est mouillé de larmes bien amères,
Cet étrange sourire, éclos sur des chimères
Que dispersa le sort !
C'est le rayon blafard qui sur les neiges tombe,
C'est la plaintive fleur qui sur la froide tombe
Naît du sein de la mort.

Parce qu'on la dédaigne et parce qu'on l'oublie,
L'âme sourit..... Mon Dieu ! n'était-ce pas folie
De croire en l'avenir ?
N'est-ce pas dans ses flots que mourra toute flamme? —
Oh ! ces sourires-là, ce sont les pleurs d'une âme
Pour qui tout va finir. —

N'est-il pas, après tout, bien simple et bien vulgaire
D'être brisés par ceux que nous croyions naguère
Notre meilleur appui ?
Et d'entendre leurs voix clamer avec les autres,
Et de sentir leurs mains, qui pressèrent les nôtres,
Nous frapper, aujourd'hui ?

De trouver sous l'orgueil des gouffres de bassesse ?
De voir tomber le fard renouvelé sans cesse
Sur un front adoré ?

Et d'acquérir enfin la dure expérience
Et de savoir sourire, implacable science !
Quand nous aurions pleuré ?

Aux atteintes du mal l'homme un jour s'habitue,
Sombre, il reçoit avec un calme de statue
Les chocs les plus affreux,
Il va, le front hautain, sans baisser la paupière.....
Mais pour l'âme qui vit sous ce masque de pierre
Quel séjour douloureux !

Quelle tâche est la sienne ! et quelle lassitude
L'étreint sous son fardeau d'humaine servitude ! —
Lorsque le jour a fui,
Le pauvre colporteur, à l'aspect triste et morne,
Sa charge sur le dos s'assoit sur une borne,
L'âme fait comme lui.....

Elle recompte alors ses confuses souffrances ;
Elle apprend ce qu'un jour lui vole d'espérances
Pour un bien faible gain.
Et, tout en supputant ses profits et ses pertes,
Elle jette un regard sur les landes désertes
Et se dit : A demain.....

A demain ! Tous les jours sa tâche recommence.
Ira-t-elle demain subir l'épreuve immense
Pour la dernière fois,
Ou faudra-t-il encor, de Pilate à Caïphe
Errer, en emportant ce rocher de Sisyphe
Dont le ciel fit sa croix ?

RECUEILLEMENT

Je ne suis point de ceux dont la douleur profonde
Sème au gré du hasard des pleurs mêlés de fiel,
Qui vont de leurs soupirs importuner le monde
Et qui livrent leur plainte aux quatre vents du ciel.

Plutôt le long silence où l'âme se consume
Que cet écho banal qui vibre inconscient ;
Des souvenirs cachés refoulant l'amertume,
Je vais la tête haute et le front souriant.

Mais, seul, et vers le sol abaissant ma paupière,
Je vois surgir dans l'ombre un fantôme adoré,
Et je sens tout à coup se soulever la pierre
Qui pesait sur mon cœur où tout semblait muré.....

STÉRILITÉ

POURQUOI ce fol espoir, et cette ardeur fébrile
Qui réchauffe nos sens et nous pousse en avant?
L'idéal est trompeur, la matière est stérile ;
Le sable est notre sol, notre guide est le vent.

Le bonheur qu'on atteint s'évapore en chimère ;
Tout désir apaisé n'est qu'un réveil brutal
Où meurt l'illusion, pauvre fleur éphémère
Qui s'ouvre et se flétrit sur son fumier natal.

Le souffle humain ternit l'image qu'il caresse ;
Les cerveaux sont rongés par les rêves qu'ils font. —
Un poison s'est glissé dans la coupe d'ivresse,
La vie est sur les bords et la mort est au fond.

Le nectar laisse un fiel à notre lèvre avide, —
La brûlure succède aux chaleurs du baiser.
Et parfois nous disons quand le calice est vide :
Faut-il l'emplir encore ou faut-il le briser ?

Car le dégoût s'étend sous chaque jouissance :
La morne lassitude efface le plaisir !
L'amour même est regret..... Limpide à sa naissance,
Il s'éloigne souillé dès qu'on veut le saisir.

Ainsi du papillon les couleurs les plus fraîches
Ne laissent que poussière aux doigts qui l'ont touché. —
L'or pur que nous rêvons se change en feuilles sèches
Et tout se perd dans l'ombre où nous avons marché.

VOGUONS, sans rien chercher, sur l'océan des choses !
Laissons errer sans but notre regard songeur !
L'onde où flottent, légers, les pétales des roses,
Dans le gouffre qu'il sonde engloutit le plongeur.

De songes radieux la jeunesse est prodigue,
Sa candeur se déchire en un premier effort ;
L'étonnement survient ; après, c'est la fatigue,
Le découragement succède, puis la mort.

Vivre, connaître, aimer ! mots que chante, à l'aurore,
L'âme éprise d'espoir et trop lente à s'ouvrir, —
Le bruit du jour éteint votre clameur sonore,
Et le soir vous confond dans un seul mot : mourir.

Plus le cœur eut de flamme et plus il a de cendre,
Plus il était brûlant, plus il devient glacé.....
Nous appelons pour fuir, nous montons pour descendre,
Nous creusons l'avenir pour grossir le passé !

Existér, c'est mourir. Eclair pâle et rapide,
L'esprit qui prend un corps s'enfuira triste et seul.
Il s'use en rayonnant. Éternel suicide :
L'homme passe sa vie à tisser un linceul.

Hommage au solitaire de G***

MISANTHROPIE

Range-toi, foule impure, autour de tes idoles !
Forme avec tes flambeaux d'ardentes auréoles
Sur leur front tout meurtri !
Prodigue à tes élus l'insulte et la louange,
Dresse-leur des autels, traîne-les dans la fange
Au pied du pilori !

Que font, à moi, passant, tes amours et tes haines ?
Tu brises tes jouets dans tes ivresses vaines,
Tu flétris tes héros.

Toujours l'affront se mêle à tes enthousiasmes,
Tes admirations mêmes sont des sarcasmes,
Tes flatteurs, des bourreaux !

Je contemple souvent, — ainsi qu'au bord du fleuve
On regarde couler l'eau rapide où s'abreuve
Un oiseau voyageur, —
Je contemple ce flot qui sur tes plages gronde,
Qui tantôt les caresse et tantôt les inonde,
Et je reste songeur....

Et je le vois grossir, de colères prodigue,
Et je le vois rouler sans repos et sans digue
Et je le vois passer,
Puis le vent dans l'espace affaiblit son murmure ;
Alors, prêtant l'oreille aux bruits de la nature,
Ailleurs je vais penser.

Car je sais des sentiers inconnus à la foule,
Où pour toujours la voix de la vague qui roule
S'éteint sous les halliers ;
Où jamais l'on n'entend bourdonner en furie
La popularité, cette onde qui charrie
Des âmes par milliers.

Au fond d'une retraite où l'écho vient se taire,
J'aime à jeter les yeux sur la fleur solitaire
Qui dans l'ombre sourit;
J'aime le nid perdu sous un épais feuillage,
L'arbrisseau qui grandit, l'arbre affaissé par l'âge
Qui végète ou périt....

De l'insecte au géant je vais à toi, génie!
Arbre atteint par la foudre et que l'insecte nie
Parce qu'il est obscur!
Je vais à toi, vieillard que nulle voix n'acclame,
Que ne troubla jamais l'encens de la réclame
De son nuage impur!

Que te manquait-il donc pour oser prendre place
A ce soleil lointain dont le reflet s'efface
Sans éclairer ton nom?
Que te manquait-il donc? — La force? le mérite?
La rigide vertu que vante l'hypocrite?
La grandeur d'âme? — Non.

Non, rien ne t'a manqué, si ce n'est l'impudence!
Vers la ville où partout le vice effréné danse,
Il eût fallu courir!

Il eût fallu s'offrir à tout regard profane,...
Louer le courtisan, flatter la courtisane
Au lieu de les flétrir !

Il eût fallu prier, importuner sans cesse —
Avec un peu d'orgueil et beaucoup de bassesse
Où ne parvient-on pas ?
Il eût fallu d'un sot réclamer l'indulgence,
Et, souillant des trésors de noble intelligence,
Les semer sur ses pas......

Il eût fallu s'asseoir au seuil des antichambres,
De chaque aréopage encenser tous les membres,
S'asseoir à leurs banquets,
Être humble avec les grands, perfide avec les traîtres,
Hurler avec les loups, ramper devant les maîtres,
Ménager les laquais..... —

Il ne l'a pas voulu. Voilà pourquoi le monde
Ne va point demander à son œuvre profonde
Ce qu'il est devenu,
Pourquoi son nom s'éteint sans culte ni blasphème
Pourquoi nul ne l'évoque et pourquoi moi je l'aime,
Le vieillard inconnu.

Oh ! restez enfouis ! gardez vos solitudes,
Vous tous qui dérobez aux folles multitudes
Vos sublimes pudeurs !
D'autres froissent leur cœur au flot qui les entraîne.
Le vôtre, enseveli dans une paix sereine,
Conserve ses splendeurs.

SOLIDARITÉ

J'AIME à courber mon front devant tout ce qui ploie,
Fleur pâle, être souffrant, âme humaine ou roseau,
Et mon cœur, insensible aux clameurs de la joie,
Vibre aux pleurs d'une femme, aux plaintes d'un oiseau.

J'ai des émotions dont sourirait un sage ;
Pour l'agneau qu'on meurtrit je fais des vœux tout bas,
Et quand un vermisseau rampe sur mon passage,
De peur de l'écraser je détourne mes pas.

Par instants ma pensée amère autant que prompte
S'envole vers l'infirme implorant un cercueil,
Vers la femme traînant le velours et la honte,
Vers l'orphelin, vêtu de misère et de deuil.

Ainsi, prêtant l'oreille à toute voix qui pleure,
Pour tous ceux que l'on fuit je suis pris de pitié.
Toute douleur qui passe en sa course m'effleure,
Haletant sous le poids, j'en garde la moitié.....

— Quoi ! n'est-ce pas assez de nos seules alarmes ?
Et faut-il ici-bas semer partout nos pleurs
Quand l'homme bien souvent n'a pas assez de larmes
Pour éteindre le feu de ses propres douleurs ?

Mais l'âme ne vit pas de solitude austère
Ni de raisonnements égoïstes et froids,
Et, timide, elle cache un trouble involontaire
Quand la raison tout haut veut réclamer ses droits.

Qui sait — car l'égoïsme à son tour se mélange
A ce trouble de l'âme, et la gouverne aussi —
Elle trouve peut-être une douceur étrange,
Une volupté vague à s'émouvoir ainsi ;

Quand un seul de ses pleurs apaise une souffrance,
Quand la voix qui gémit n'appelle pas en vain,
Elle éprouve un bonheur que nulle indifférence
Ne pourrait lui donner si pur et si divin !

SOLITUDE

La solitude est douce à mon âme isolée ;
Comment ne pas l'aimer? Je sais qu'elle est ma sœur.
J'aime à sonder, au creux d'une obscure vallée,
Cette autre solitude où sommeille mon cœur.

Je vais m'asseoir au bord d'une onde qui frissonne,
Miroir du saule pâle et du frêle roseau ;
Là tout dort. Alentour nulle voix ne résonne
Que le bruit de la source et le chant de l'oiseau.

Je regarde la nuit pénétrer sous les branches,
Puis mon œil suit là-haut le beau nuage errant,
Puis j'effeuille, distrait, les marguerites blanches,
Puis je livre, rêveur, leurs débris au courant......

O paix de la nature ! harmonieux silence !
Longs murmures de l'eau pleurant sous le glaïeul,
Plainte du rossignol qui dans l'ombre s'élance,
Vous êtes mes amours.... il est bon d'être seul.

Il est bon d'être seul, de rêver et d'attendre
Que la gaze de l'ombre enveloppe les bois,
Que l'haleine des nuits, mystérieuse et tendre,
A l'éternel accord vienne mêler sa voix....

Mais déjà les yeux clairs des premières étoiles
Ont jeté sur la rive un regard curieux ;
Comme des barques d'or aux éclatantes voiles,
Les nuages s'en vont sur l'océan des cieux.

La solitude est douce à mon âme isolée,
Pourtant elle fait naître un invincible émoi ;
Quand l'espace a versé la nuit sur la vallée,
Je crois voir l'infini planer autour de moi.

Elle est sereine, immense ! Au songe qu'elle apaise
Elle donne un reflet de sa sérénité.
Je l'aime.... et par instants je sens qu'elle me pèse :
Je fléchis sous le poids de son immensité.

JAMAIS je n'ai pris part aux plaisirs de la foule,
Mon cœur n'attend rien d'elle et ne lui donne rien ;
Sans rayons et sans bruit mon existence coule,
Je vais obscur, mais libre et pur de tout lien ;

Cependant un frisson dont j'ignore les causes
Fait palpiter mon être et le glace à la fois,
Et tout en écoutant le langage des choses,
Je m'arrête.... On dirait qu'il y manque une voix...

Non! si triste que soit le séjour où nous sommes,
On ne s'exile point sans un effroi secret!
L'homme n'est point jeté parmi les autres hommes
Comme une feuille sèche au seuil de la forêt!

Quel que soit le refuge où le rêveur se cache,
Le vide sombre et froid ne descend pas en lui!
Une chaîne invisible à jamais le rattache
A ce monde oublieux qu'il aime et qu'il a fui!

L'âme a besoin de l'âme et s'affaisse, oppressée
Sous l'isolement calme où rien ne lui répond,
L'écho redit la voix, mais non pas la pensée.
Partout, si l'homme est seul, le silence est profond.

Et quand la feuille même apaise son murmure,
Quand le zéphyr se tait, quand tout dort alentour,
L'âme veille parfois. Tandis que la nature
Lui parle de repos, l'âme parle d'amour.....

APPEL

Écoute ; il est bien doux d'épancher sa pensée
Seul auprès d'un ami, loin des regards jaloux,
Et de laisser couler, source amère et pressée,
Les pleurs cachés de l'âme, amoncelés en nous.....

Dis-moi tout : Tes amours, tes jeunes espérances,
Tes joyeux souvenirs et tes vagues regrets.
Je te dirai les miens ; du choc de nos souffrances
Nous pourrons voir jaillir quelques bonheurs secrets.

Dis-moi ta blonde enfance, aux naïves extases,
Tes désirs contenus de tendre adolescent ;
De ta vie en sa fleur dis-moi toutes les phases,
Dis-moi tes rêves morts et ton rêve naissant.

Dis-moi l'heure où tu vis se perdre au loin ta voie,
Où le gazon fit place aux cailloux du sentier,
Où la première crainte apparut dans ta joie
Et la première épine au premier églantier.

Dis-moi ce que tu fais à tes instants moroses,
Quand le rêve d'azur pâlit en approchant,
Ce que tu vois le mieux, l'ombre ou les vapeurs roses
Qui luttent dans l'espace aux reflets du couchant ?

Dis-moi si les rayons des éclatantes sphères,
En se croisant, le soir, éclairent ton esprit,
Dis-moi ce qui te charme et ce que tu préfères :
Le rossignol qui chante ou la fleur qui sourit ?

N'as-tu jamais connu ce vide qui m'effraie ?
Comme en tes vers si doux es-tu calme toujours ?
Ta muse au front paisible est-elle toujours gaie ?
N'as-tu jamais senti la pesanteur des jours ?

C'est qu'alors tu saurais quelle saveur amère
Laisse au cœur une larme avant de le fermer.....
Je parlerais aussi, car tu serais mon frère,
Tu saurais me connaître et je saurais t'aimer,

Et je serais sans crainte, et ma foi serait forte,
Et je me livrerais comme un roseau qui fuit,
Au courant morne et froid qui tous deux nous emporte
Et qui traîne avec nous l'Inconnu qui nous suit !

INCERTITUDE

Tu ris toujours lorsque je parle d'elle,
Et j'ai le tort de rougir à ta voix.
— « L'aimes-tu bien ? Lui seras-tu fidèle ? »
— Ami, c'est trop demander à la fois.

Pourquoi ris-tu ? Le sais-je, si je l'aime !
Moi, cependant, j'en rêve chaque soir.
Quand j'ai rêvé, je l'ignore moi-même,
Et toi, rieur, tu voudrais le savoir ?

Je n'en sais rien. Je ne sais qu'une chose :
C'est qu'à sa voix je me sens plus joyeux ;
C'est qu'elle est belle, et que ma bouche n'ose
Lui répéter ce que m'ont dit ses yeux.....

En la voyant, mon cœur bat et se trouble
— Sans folle ivresse et sans égarement, —
En lui parlant, mon embarras redouble,
Et par degrés s'apaise lentement.

Je ne me sens ni délire ni fièvre,
A mon émoi nulle ardeur ne se joint.
Les mots si doux qui tombent de sa lèvre
Me font sourire et ne me grisent point.

Ma tête, enfin, ne bat pas la campagne :
Je ne pourrais, dans un brûlant transport,
Déraciner ni rocher ni montagne,
Pour lui montrer combien l'amour est fort ;

Jamais son nom ne me ferait pourfendre
Un seul géant, ni le plus frêle nain.
Dans un volcan je n'oserais descendre....
Ni remonter par le même chemin,

Mais j'écrirais, pour le léger sourire
Qui sur sa bouche erre comme un parfum,
Bien plus de vers que tu n'en pourrais lire, —
Heureusement tu n'en liras pas un.

Si tu lisais, tu raillerais encore,
Et mon secret, d'ailleurs, n'est pas le tien.
Te le dirais-je alors que je l'ignore ?
Je l'aimerais que je n'en dirais rien.....

PRESSENTIMENTS

Qui donc vient te dire, alerte hirondelle,
Quand l'automne blonde est ivre d'air pur :
« Pour l'exil lointain prépare ton aile,
Un voile brumeux va couvrir l'azur ? »

Qui donc vient te dire, abeille légère,
Quand des fils d'argent tremblent sous le ciel :
« L'hiver fait mourir la fleur passagère,
Regagne ta ruche, entasse ton miel ? »

Parfois sur mon front pèse la souffrance,
Mes rêves flétris s'en vont loin de moi ;
Je vois dans mes cieux pâlir l'espérance,
Et rien, cependant, ne me dit pourquoi.

Lorsque le printemps, joyeux et fidèle,
Sur nos bords glacés songe à revenir,
Qui donc vient te dire, alerte hirondelle :
« Apprête ton vol, l'hiver va finir ? »

Quand la neige en pleurs glisse, passagère,
Sous les rayons d'or qui bordent le ciel,
Qui donc vient te dire, abeille légère :
« La fleur qui renaît distille du miel » ?

Ainsi dans mon cœur s'éteint la souffrance,
Mes rêves plus doux revivent en moi,
Sous mon ciel plus clair brille l'espérance
Et rien, cependant, ne me dit pourquoi.....

VISION

SOUVENT une ombre blanche au long regard de flamme
Éclaire vaguement la nuit sombre où je suis, —
Pâle fée au front d'ange avec des yeux de femme —
Elle m'appelle et je la suis.

Oh ! j'aime à respirer sa murmurante haleine....
J'aime son doux sourire et ses tendres accents.
Et les obscurités dont mon âme était pleine
Font place à des rayons naissants.

Je crois voir l'infini s'entr'ouvrir devant elle,
Non l'infini qui gronde au fond du gouffre noir,
Mais l'espace limpide où l'étoile immortelle
Vient guider le mortel espoir,

Et mon être à sa voix frissonne et se sent vivre ;
Mon âme se dilate et rayonne en tout lieu,
Non comme un frêle esprit que l'esclavage enivre,
Mais libre et sous l'aile de Dieu.

QUI donc es-tu, dis-moi, pour sauver ma pensée
Du flot noir qui l'appelle en son râlement sourd ?
Pour ravir mon sommeil à l'étreinte glacée
Du vertige accablant et lourd ?

Es-tu l'ange gardien chéri de mon enfance,
Céleste protecteur que longtemps j'ai cru voir
Et qui, prenant son vol, m'a laissé sans défense
Entre l'ivresse et le devoir ?

Es-tu l'ange d'oubli dont la vague parole
Sur les débris épars fait éclore les fleurs,
Ou bien l'ange d'amour dont le baiser console
Et dont l'aile efface les pleurs ?

N'es-tu qu'un rêve d'or tombé sur la souffrance,
Qu'une image brillante impossible à saisir ?
Est-ce toi qu'ici-bas nous nommons espérance,
N'es-tu que l'ombre du désir ?

Je ne sais ; mais il est plus loin que notre terre
Un monde où revivra tout ce que nous rêvons.
Il est un port voilé de brume et de mystère
Où lentement nous arrivons ;

Quand la matière dort, l'esprit qui se réveille
Ne peut il voir là-bas quelque reflet béni ?
Dieu ne peut-il lever pour l'être qui sommeille
Un des voiles de l'infini ?

A l'heure où l'on s'endort l'âme se sent renaître ;
Je crois franchir le seuil de toute immensité,
Et je dis : Si la vie est un rêve, — peut-être
Le rêve est-il réalité...

AU BRUIT DE LA CLOCHE

EST-CE un adieu funèbre ? un fraternel accueil ?
Qu'importe ! — Le berceau n'est-il pas un cercueil !

Un son triste et voilé soupire dans l'espace.
Moi je rêve. Seigneur, où nous as-tu jetés ?
Vers le port ou l'écueil nous roulons, emportés
Comme un frêle vaisseau sur la vague qui passe.

L'équipage éperdu sait-il où vont les flots ?
Savons-nous, voyageurs, où le courant nous chasse ? —

Un son triste et voilé soupire dans l'espace ;
La cloche a des bruits sourds pareils à des sanglots.

Sous les brouillards trompeurs de la rive inconnue,
Un gouffre nous attend, fragiles matelots. —
La cloche a des bruits sourds pareils à des sanglots :
Le cri de la prière a traversé la nue.

Calmes et pleins d'espoir, nous voguons le matin,
Mais le doute s'accroît quand la nuit est venue. —
Le cri de la prière a traversé la nue,
Aux célestes accents répond l'écho lointain.

Le navire impuissant se brise sur la roche,
L'onde nous engloutit... Tel est notre destin. —
Aux célestes accents répond l'écho lointain,
La voix devient sonore et lentement s'approche.

Où trouver les marins dans l'Océan plongés ?
Jamais sur leurs débris ne gémira la cloche. —
La voix devient sonore et lentement s'approche :
La paix descend enfin sur les cœurs affligés.

Le son vague et mourant s'éloigne dans l'espace.
Ah ! Seigneur, prends pitié des pauvres naufragés.

Les flots recouvriront leurs ossements rongés,
Mais leur ombre s'élève et flotte à la surface...

L'abîme a dévoré les corps et le vaisseau.....
Qu'importe ! le cercueil n'est-il pas un berceau ?

PAROLES DU FRÈRE AINÉ

Ami, l'heure s'annonce où les ombres du doute
Troubleront ton ciel pur et voudront le voiler.
Déjà des spectres noirs se lèvent sur ta route
Et tes rêves bénis cherchent à s'envoler.

Ton esprit curieux pénètre au fond des choses
Comme au sein de la nuit l'aurore à son déclin.
Prends garde, et souviens-toi qu'on effeuille les roses
Pour trouver les parfums dont leur calice est plein.

Prends garde, et sois prudent. Le monde est un mystère
Qu'on n'approfondit point quand on le voit s'ouvrir.
Oui, prends garde ; mais va ! Car l'homme est sur la
[terre
Pour marcher en avant, pour lutter et souffrir.

Moi, qui t'ai précédé sur le chemin aride,
Je sais qu'en ses détours on s'égare souvent.
Je sais qu'on n'atteint pas sans boussole et sans guide
La lointaine oasis que l'on voit en rêvant.

Je sais qu'on pleure un jour sur l'enfance écoulée,
Mais qu'on n'enchaîne pas un printemps qui finit...
Le temps presse, et l'oiseau doit prendre sa volée
Dès qu'il est assez fort pour quitter son doux nid.

En suspendant sa lèvre à notre coupe amère,
L'ange venu des cieux n'en connaît pas le fiel.
L'homme parfois y puise une ivresse éphémère :
Ton enfance paisible en a pris tout le miel.

Nulle ombre n'a terni l'auréole divine
Qui laisse des rayons dans l'or de tes cheveux ;
Jamais ces lourds secrets que l'âme enfin devine
N'ont troublé ta candeur par de sombres aveux.

Calme, tu grandissais comme une plante frêle
Que d'un souffle fatal on préserve avec soin,
Pendant qu'aux alentours vont rouler pêle-mêle
Les feuilles que les vents disperseront au loin ;

Et j'étais près de toi comme une herbe sauvage
Égarée au milieu d'un opulent vallon ;
Je sentais frissonner sur le sol du rivage
Ces débris des forêts chassés par l'aquilon.

Nous nous aimions. — Rêveur et triste au fond de [l'âme,
Je savais par instant m'égayer avec toi.
Ta gaîté m'éclairait de sa brillante flamme
Et venait dissiper la nuit de mon effroi.

Puis, je restais pensif ; toi, tu restais folâtre.
Quand nous courions tous deux les bois et les guérets,
Ton oreille s'ouvrait à la chanson du pâtre ;
Moi, j'écoutais, songeur, l'oiseau de nos forêts.

Lorsqu'au temps des moissons la nature parée
Livrait ses blés à l'homme et ses parfums à l'air,
Tu froissais l'épi mûr dans la gerbe dorée,
Moi le nid d'alouette abattu par le fer.

L'hiver, à nos foyers, du brasier qui pétille
Tu suivais du regard les beaux reflets tremblants ;
Vers la fenêtre close où la vitre scintille,
Je regardais là-bas tomber les flocons blancs.

Que ton œil était vif! Ta figure angélique ! —
Tu croyais au bonheur, au bien, à la vertu ;
Je doutais. Relevant mon front mélancolique,
Tu me disais parfois : « A quoi donc penses-tu ? »

Je ne le savais pas ! De vagues échappées
Me montraient l'avenir sous de sombres couleurs.
Plus tard un tourbillon d'espérances trompées
M'a fait voir de plus près les humaines douleurs ;

Mais je ne t'ai pas dit qu'en avançant dans l'âge
L'ombre envahit un jour la route où nous marchons,
Que le ciel du futur est taché d'un nuage
Qui grandit et s'étend lorsque nous approchons...

Je ne t'ai pas appris que ce point, qui commence
Au jour même où le monde à nos yeux s'est offert,
Couvre à jamais l'espace ainsi qu'un voile immense,
Et que, dans cette nuit, l'âme doute et se perd.

Pourquoi dire à l'enfant que la joie environne :
« Bientôt sonnera l'heure où les larmes viendront ? »
J'avais peur d'effeuiller ta céleste couronne,
Entends-moi, maintenant qu'elle meurt sur ton front.

Tu croyais, n'est-ce pas, jeune homme au regard [d'ange,
Qu'en suivant son chemin sans effleurer la fange,
On arrivait au but, victorieux et sûr ;
Qu'on ne faiblissait point en poursuivant sa tâche,
Que le cri du méchant, le mensonge du lâche
Ne laissaient point de trace en froissant un cœur pur ?

Tu croyais qu'on pouvait, pourvu qu'on fût honnête,
S'en aller par le monde en relevant la tête,

Fier de son innocence et de sa volonté,
Et que les vains efforts que l'intrigue dépense
Faisaient un peu plus tard place à la récompense
Pour le héros obscur d'abord persécuté ?

Tu croyais que l'honneur était tout dans la vie,
Que le temps apaisait les fureurs de l'envie,
Qu'un généreux silence éteignait les clameurs,
Qu'un rayon dissipait les sombres défiances,
Que le mot simple et vrai parti des consciences
Dominait les bruits sourds et les folles rumeurs....

En sentant ce dégoût dont ton âme novice
S'emplissait quelquefois au seul aspect du vice,
Tu ne pouvais prévoir, naïf adolescent,
Que le dégoût s'efface et que l'âme se rouille
Si le vice, riant de la vertu qu'il souille,
Tous les jours à nos yeux l'éclabousse en passant...

Tu voyais le coupable implorer la victime.
Tu voyais entouré d'une éternelle estime
Celui qui va sans crainte en faisant ce qu'il doit ;
Tu voyais la faveur fuir devant le mérite,
Tu voyais la vertu démasquer l'hypocrite
Et la foule applaudir en le montrant du doigt....

Et tu croyais aussi que le juste, au front calme,
Ne se reposait point sans conquérir la palme,
Que sa foi dans le bien lui valait un trésor,
Qu'il s'avançait plus fort au milieu de l'orage,
Que nul obstacle humain n'effrayait son courage,
Que nul entraînement n'égarait son essor.....

Car tu ne savais pas combien la vie humaine
A de piéges cachés, où le torrent nous mène
Quand nous suivons le fil de nos illusions,
Car tu ne savais pas les secousses cruelles
Qu'imprime par moment aux âmes les plus belles
Le chaos monstrueux de nos déceptions!

Tu ne pressentais pas que l'onde la plus pure
Recouvre bien souvent la profondeur obscure
D'abîmes inconnus et de gouffres dormants,
Que le beau lac d'azur qui s'étend sous l'ombrage,
Aux jours où l'ouragan le harcèle avec rage,
A ses courroux amers et ses flots écumants.

Rien ne te révélait que la terreur nous gagne,
Qu'un intime ennemi partout nous accompagne,

Que la tentation ne saurait se lasser,
Qu'avec l'espoir trompé le mal fait alliance,
Et qu'arrive, ô douleur ! un jour de défaillance
Où nous cédons enfin sans peut-être y penser !

DÉTROMPE-TOI ! — Qui peut, lorsqu'au sein de la [foule
Nous regardons monter le flot qui nous refoule,
Sans rien voir au delà,
Qui peut fendre à coup sûr cet océan de têtes
Et se dire au milieu de ses folles tempêtes :
« Je m'arrêterai là... ? »

Il faut errer, lutter, se creuser une brèche !
L'esquif battu des mers n'est point l'agile flèche
Qui vole sous les cieux.
Aller droit devant soi serait plus qu'un prodige,
Car le danger nous presse, et le pâle vertige
Passe devant nos yeux.

La vague est indomptable, en vain on la repousse ;
Toujours à son approche une affreuse secousse
Nous frappe jusqu'au cœur.
Ah ! dans cet élément qui submerge ses digues,
Ce n'est jamais qu'après de longs jours de fatigues
Qu'on arrive vainqueur.

Quels tableaux attristants ! quels effrayants spectacles !
A peine a-t-on marché que de nouveaux obstacles
Se dressent devant nous.
Des ceintures d'écueils bordent l'immense arène ;
Plus près c'est le récif, plus loin c'est la sirène
Au chant lascif et doux.

Et le brouillard épais qui la nuit nous égare !
Et la lueur de mort qui, brillant comme un phare,
Nous montre le salut !
Et le naufrageur hâve ! Et la voix mensongère
Qui dit : « Gagne au hasard quelque rive étrangère
Et laisse là ton but ! »

Tout nous trompe à la fois ; tous veulent notre chute,
Ah ! quand il te faudra te jeter dans la lutte,
Prends garde, pauvre enfant.

Le mensonge nous suit, le doute nous assiége,
Comment, lorsque partout s'entr'ouvre un vaste piége,
Arriver triomphant ?

La vie est une mer impétueuse et sombre :
On raille avec mépris le navire qui sombre
Et l'on sombre, à son tour !
Le vice, qui nous guette, est plein de stratagèmes,
Il prend jusqu'à l'aspect des vertus elles-mêmes,
Jusqu'au nom de l'amour !

Cet homme qui t'attire, est un démon. Regarde :
Son œil fixe le sol quand le tien se hasarde
A mieux le contempler.
Cette femme au front blanc, qui parfois te murmure
Quelques mots enchanteurs, c'est la sirène impure
A l'amoureux parler.

Espères-tu les vaincre et rester impassible ?
Mais tu penches déjà vers le gouffre invisible
Où va l'esprit humain!
De plus fermes que nous se troublent et succombent...
Ah ! silence, imprudent ! pour blâmer ceux qui tombent,
Attends donc à demain !

Qui de nous n'a pensé : « Je serai sans faiblesse,
Je ne laisserai point dans l'ombre et la mollesse
Mon cœur s'appesantir ?...»
Hélas ! Le lendemain prouve notre impuissance.
La volonté s'endort, et bientôt l'innocence
Fait place au repentir... —

Riches, tout nous séduit ; les plaisirs nous enivrent,
Des chaînes du devoir nos âmes se délivrent,
Nous glissons jusqu'au bout.
Et si la conscience en s'éveillant soupire,
Ne pouvant plus changer, nous nous prenons à dire :
« C'est la vie, après tout ! »

Pauvres, nous commençons par narguer l'opulence,
Puis en la contemplant nous souffrons en silence,
Puis nous souffrons tout haut,
Puis nous jetons au vent des clameurs de colère.... –
Aux pauvres orgueilleux la perfide misère
Livre plus d'un assaut !

Et nous crions : « Pourquoi travailler sans relâche,
Plier devant le sort, accepter notre tâche,
Végéter, pauvres fous !

Pourquoi creuser en vain cette ornière où nous [sommes....? —
Un peu d'or nous rendrait les égaux de ces hommes
Qui se raillent de nous !... »

Déjà nous oublions, égarés dans un rêve,
Que, seule, au-dessus d'eux la vertu nous élève.
Le vrai bien s'est enfui.
Déjà l'or, dieu du mal, est pour nous un fétiche,
Car il est un moyen de surpasser le riche :
Soyons meilleurs que lui !

A nos pieds, cependant, la foule vaine et folle
Ferait fumer l'encens de son culte frivole....
La foule est faite ainsi.
Son regard ébloui s'arrête à la surface,
Son absurde respect, qu'un léger souffle efface,
D'un souffle naît aussi....

N'IMPORTE. — Suis ta route et laisse errer le monde.
Il lutte pour le mal ; toi, lutte pour le bien.
Les terrestres plaisirs s'écoulent comme une onde,
A ceux qu'ils ont souillés que reste-t-il ? — Plus rien.

Rien qu'un vide pénible, une invincible crainte,
Puis, un murmure sourd qui monte sur nos pas :
C'est la voix du remords ! C'est la secrète plainte
De l'âme qui se dit : « Qu'ai-je fait ici-bas ?

« A peine ai-je vécu ! — J'ai vidé goutte à goutte
Le meilleur du calice, et j'ai dit : à demain.
Folle, j'ai parcouru la moitié de ma route,
Et, faible, je m'assieds sur le bord du chemin.

« Et la vieillesse arrive, avant que la journée
Déjà sombre et pesante atteigne son milieu.
Répondrai-je, à présent : « Ma tâche est terminée, »
Quand mon front pâlira sous le regard de Dieu ?

Crains la confusion de cette âme inféconde!
Sans remords ni faiblesse accomplis ton destin.
L'homme qui s'abandonne aux hasards de ce monde
Pour l'espace brumeux laisse un but plus certain.

N'imite pas celui dont la voix insensée
Répète : « Jouissons! attendons pour souffrir!
Dans le trouble des sens étouffons la pensée
Et vivons sans regrets, puisqu'il faudra mourir! »

C'est en vain qu'il se livre au courant qui l'emporte;
Il ira se briser sur un fatal écueil!
Quoi! vivre! — Il ne vit plus. Son âme est déjà morte
Et son corps épuisé l'étreint comme un cercueil.

Contre les coups du sort il sera sans courage;
Faible devant la joie et devant la douleur,
Indolent dans le calme, impuissant dans l'orage,
Où prendra-t-il sa force aux instants de malheur?

Oh! réprouve à jamais cet abandon coupable! —
De l'oisif imprudent l'égoïsme est la foi :
Songe aux fautes sans nom dont il serait capable
Pour fuir les justes maux qui l'accablent d'effroi!

Pourtant, tu dois le plaindre ; et puis, tu dois te dire :
« Après l'enivrement s'élève le regret.
Que m'importe la foule avec son faux sourire,
Si mon cœur se révolte et soupire en secret ?

« Car la part la plus belle et le bonheur suprême,
C'est de garder ce bien que l'on nomme un cœur pur.
C'est de ne pas rougir quand on lit en soi-même,
C'est de n'avoir dans l'âme aucun nuage obscur.

« Et quand, las de lutter, perdant toute énergie,
Tenté par le vertige et me sentant fléchir,
Je suivrais l'insensé qui hurle dans l'orgie
Ou cet homme au cœur dur, qui cherche à s'enrichir ;

« Quand je serais pareil à ce pâle jeune homme
Dont l'existence folle est un plaisir sans fin,
Et qui vient à l'avare emprunter quelque somme
Pendant que tout près d'eux un enfant meurt de faim,

« Ne faudrait-il jamais laisser là ces ivresses
Et cet or, dans la boue avec peine amassé ?
Ne faut-il pas, au jour des suprêmes tristesses,
Renoncer au futur et songer au passé ?

*

« Après avoir vécu, ne faut-il pas qu'on meure ?
Que ferais-je ? A quoi bon tous les biens d'ici-bas ?
Gagnerais-je une année ? un mois ? un jour ? une
[heure ? —
Non, car la vie est courte et la mort n'attend pas. »

COURAGE donc, enfant ! Un long repos accable,
Il faut que de nos jours chaque instant soit rempli ;
Quand nous nous reposons, le temps marche, impla-
[cable, —
Il ne s'arrête point si nous avons faibli.

L'insensé met le ciel dans toute jouissance ;
Il s'épuise, et courbé sous une main de fer,
Il se refuse encore à voir son impuissance
Et succombe en disant : « La vie est un enfer ! »

Il s'est trompé deux fois ! son âme faible et lâche
A l'ardeur du soleil a préféré la nuit....
Il cherche, insoucieux d'une plus noble tâche,
Le rayon du bonheur, et ce rayon le fuit.

Mais l'homme courageux qui travaille et qui pense
Ne cherche que le bien ; c'est le bonheur des forts,
Marche avec lui. Plus loin t'attend la récompense,
Nul ne l'atteint jamais sans de vaillants efforts....

Et si tu dois souffrir, si la lutte inféconde
Te laisse déchiré, souffre, ne te plains pas :
Le royaume du Christ n'était pas de ce monde,
Le bonheur le plus pur est ailleurs qu'ici-bas !

PRIÈRE

[chose ;
DIEU bon, tu vois mon cœur, toi qui vois toute
Tu vois germer en nous le mal comme le bien.
Car l'homme peut rougir, honteux de ce qu'il ose :
Il ne te cache rien.

Ton regard lumineux glisse au travers des mondes
Et va percer notre âme, ainsi qu'au fond des mers
Le rayon transparent qui brille sur les ondes
Perce les flots amers ;

Le rayon met au jour des antres qu'on ignore,
Où rampent sans repos des monstres furieux, —
Ainsi le cœur humain que ton regard explore
Se révèle à tes yeux....

Tu vois naître le doute et surgir le blasphème,
Tu vois ramper la haine et les désirs impurs.
Devant toi des réduits qu'on se cache à soi-même
Ouvrent leurs flancs obscurs.

Hélas! bien mieux que nous tu sais ce que nous [sommes!
En nous pas un repli qui te soit inconnu! —
Tout masque est un cristal où les secrets des hommes
T'apparaissent à nu....

Pourquoi donc, ô Seigneur, alors que la prière
Jaillit de ma pensée et s'envole vers toi,
Et que je lève au ciel, moi vivante poussière,
Mon front pâle d'effroi,

Pourquoi donc te parler d'erreur et de faiblesse,
D'entraînement soudain, de rêve irréfléchi ?
De mon cœur ulcéré tu connais la mollesse,
Tu sais qu'il a fléchi ;

Que dirais-je de plus ! Le mal que l'on discute
Repousse l'indulgence et n'est point pardonné. —
D'ailleurs, ce qu'il fallait pour éviter la chute,
Tu me l'avais donné !

Faiblesse, entraînement, erreurs, impatiences,
Tout ce qui fait la faute et tout ce qui la suit,
Tu l'as vu, toi qui lis au fond des consciences
Comme un feu dans la nuit !

A quoi bon me couvrir d'un bouclier factice,
Vestige encor debout de mon orgueil brisé ?
Si tu jetais sur moi le poids de ta justice,
Je serais écrasé...

Mais toi qui sur tes fils peux suspendre la foudre,
Tu peux la détourner de leur front pâlissant.
Tes lois m'ont condamné, ta pitié peut m'absoudre,
N'es-tu pas Tout-Puissant ?

Ton bras ne frappe point quand une plainte vraie
Après l'égarement vers toi va retentir... —
Comme un épi tardif qui succède à l'ivraie,
Tu vois mon repentir...

Indigne du regard que ta bonté m'accorde,
J'ose pour t'implorer paraître devant toi,
Coupable, je me livre à ta miséricorde,
Seigneur, pardonne moi!

TABLE

NANCY, IMP. BERGER-LEVRAULT ET Cie

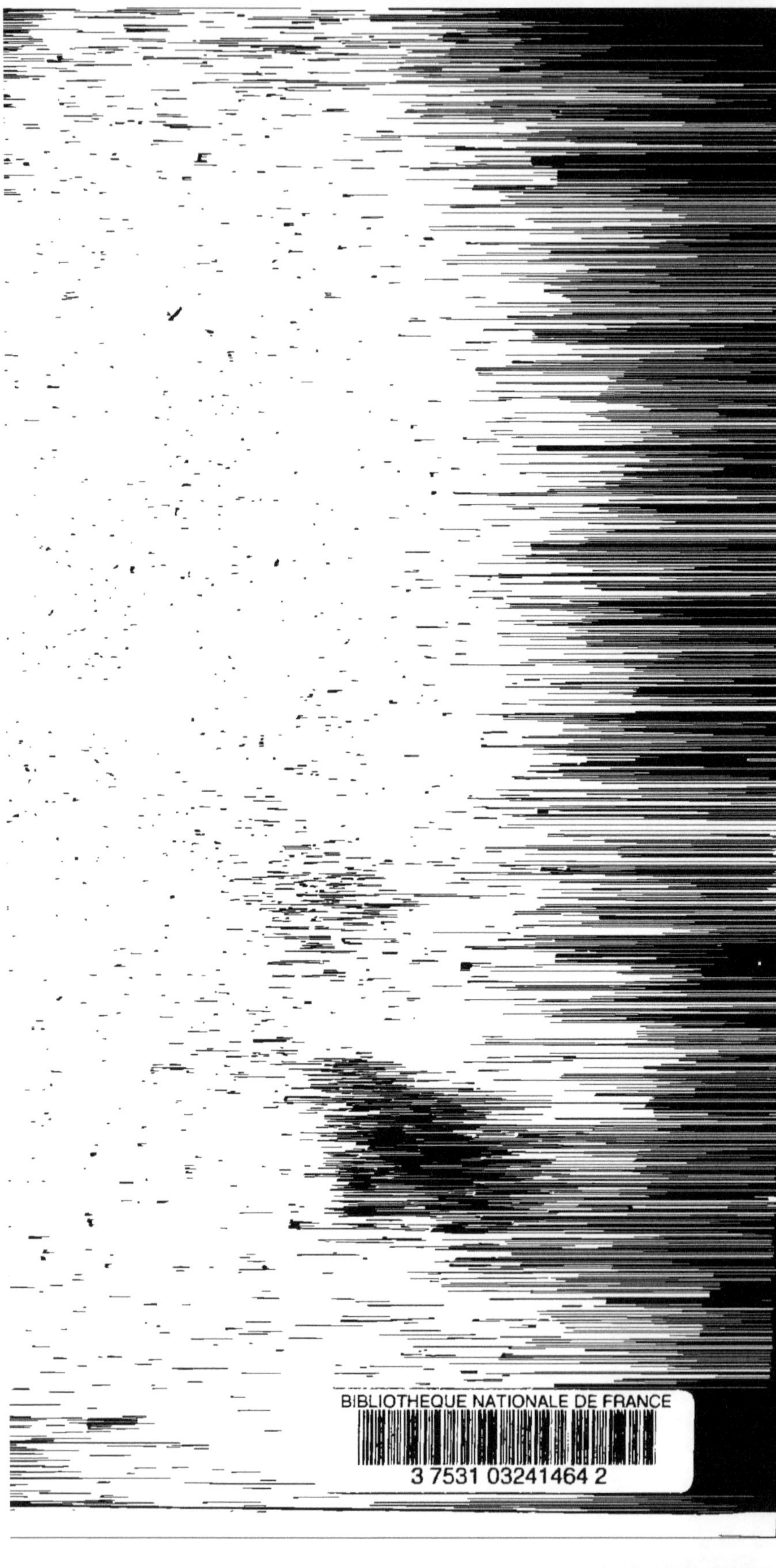

www.ingramcontent.com/pod-product-compliance
Ingram Content Group UK Ltd.
Pitfield, Milton Keynes, MK11 3LW, UK
UKHW012238240726
13966UKWH00003B/1149

9 782011 742445